„Nicky"

Die wahre Geschichte

Anais C. Miller

Impressum:

Text: Im Original übernommen von Corinna S.

Gestaltet und erzählt von Anais C. Miller

Cover: Anais C. Miller

Foto/Quellen: Pixaby und Anais C. Miller

Herstellung und Verlag: BoD - Books on Demand Norderstedt

Printed in Germany 2017

ISBN 978-3-7431-6343-0

Wenn der Mensch je eine große Eroberung gemacht hat, so ist es die, dass er sich das Pferd zum Freunde gewonnen hat.

Auch wenn du sicher bist, dass dein Pferd in deinem rechtmäßigen Besitz und Eigentum steht und dir das deiner Meinung nach niemand streitig machen kann, muss das noch lange nicht bedeuten, dass es zeitlebens, in dem du mit deinem Pferd eine Beziehung führst, so bleibt!

Du musst nur die falschen Menschen treffen...

„Nicky"

Ja, eine kuriose Pferde-Geschichte, die mir erzählt worden ist von der Besitzerin des Pferdes, Corinna S.

Die Geschichte eines Pferdes, das seiner Besitzerin oder nennen wir sie Eigentümerin, einige Male unrechtmäßig entwendet worden ist. Mit Polizei und allem Tam Tam. Ein Pferd, über dessen Besitzverhältnisse jahrelang gestritten wurde.

Nach endlosen, gerichtlichen Kämpfen und Psychoterror zwischen den Parteien kommt beim zugrundeliegenden Urteil schließlich die Frage auf, was wird nunmehr aus der Stute „Nicky", die mittlerweile alt und krank geworden ist?

Wenn „Das Recht" der Justiz schließlich über das Leben eines Tieres entscheiden soll, fragt man sich, hätte man sich unter den Parteien nicht „gütig" einigen können?

Hätte man nicht zum Wohle des Pferdes entscheiden können? Was wäre das Wohl des Tieres gewesen und wer will darüber urteilen?

In dem Buch „Nicky" Die wahre Geschichte" erzählt Corinna S. die Dinge aus ihrer Sicht.

Sie berichtet über ihre Gefühle und die Schicksalsschläge, die sie bereits einstecken musste in ihren noch recht jungen Lebensjahren.

Die Hetze, die sich gegen Corinna S. durch die Welt der Medien zog, empfand diese persönlich als sehr grausam und der Terror habe sichtliche Schäden an ihr hinterlassen, wie Corinna S. über sich selbst sagt.

Neben schweren Vorwürfen und Anschuldigungen, dass Corinna S. angeblich nicht in der Lage war, für ihr Tier zu sorgen und in diversen Ställen die Stallmiete nicht entrichtet hatte, wurde sie zusätzlich für das vom Gericht ausgestellte Urteil angegriffen.

Angegriffen von den Menschen, die ebenfalls ein „Umgangsrecht" an der Stute „Nicky" pflegten.

Ein Urteil erging schließlich, das bestätigte, dass sich das Pferd „Nicky" im alleinigen Eigentum von Corinna S. befindet und das Pferd an sie herauszugeben ist.

Man nannte es angeblich eine „Schweinerei", ein „Jammer", dass Corinna S. ihr Eigentum zugesprochen wurde.

Foto: Melissa Kölbach, Pferd „Saron"

-Pferde sprechen mit ihren Augen häufig klüger, als Menschen mit ihrem Mund. -

Zur Autorin:

Anais C. Miller, Self-Publisherin.

Beliebtes Genre: Tiere, Authentische Geschichten, Wahre Begebenheiten.

Die Autorin lebt mit ihren Hunden, Katzen und Pferden auf einem Pferdehof im Herzen Westfalens.

Das Schreiben ist neben der Reiterei und den Pferden ihr liebstes Hobby. Das Geld, das mit der Schreiberei sowieso nicht zu verdienen sei, steht für die alleinerziehende Mutter weniger im Vordergrund, als dass sie die Menschen mit ihren Texten berühren und ihnen etwas mitteilen möchte, wie sie es selbst nennt.

Die beiden authentischen Erzählungen ihrer Pferde „Classic Star", (das Pferd, das auf tragische Weise ein Auge verlor) und „Charisma", (die Stute, die sich das Bein brach), begeisterten bereits unzählige Leser.

Wenn Menschen denken, dass Pferde nicht fühlen können, so müssen Pferde fühlen, dass Menschen nicht denken können.

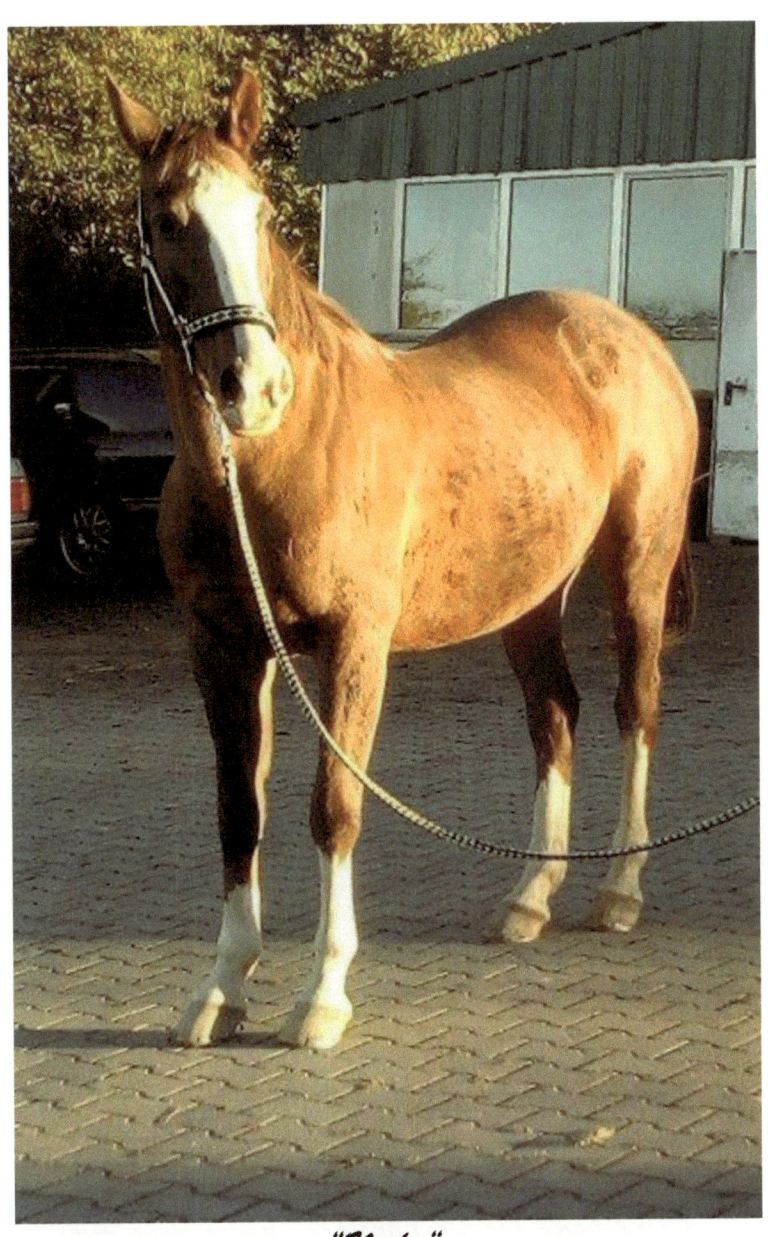

"Nicky"

Ein Pferd kann dir alles brechen, außer dein Herz.

Vorwort:

Der Text wurde im Original von der Besitzerin des Pferdes, Corinna S. niedergeschrieben.

Ich habe ihn lediglich überarbeitet, ausgebessert, gestaltet, lektoriert und veröffentlicht.

Das habe ich auf ausdrücklichen Wunsch der Besitzerin des Pferdes getan!

Es war ihr Herzenswunsch, die Angelegenheit um die Geschichte ihres Pferdes aus ihrer Sicht „klarzustellen".

Besonders, weil man das Internet dazu genutzt hat, um in einem größeren Radius zu einer gemeinen Hetzkampagne gegen Corinna S. aufzurufen.

Menschen, die sich daran beteiligten, obwohl sie nicht annähernd wussten, worum es genau ging, mögen sich bitte einmal die Version der Besitzerin des Pferdes ansehen und dazu die gerichtliche Beurteilung der Rechtslage.

Über die Rechtslage, die eindeutig ist, gibt es ein rechtskräftiges Urteil!

Das lag mir persönlich vor, als mir die Geschichte von „Nicky" ausgehändigt wurde.

Die Geschichte wird von mir genauso erzählt, wie sie von Corinna S. verfasst worden ist.

Deshalb möchte ich den Leser direkt darauf hinweisen, dass es sich nicht um eine Pferdegeschichte der üblichen Art handelt.

In diesem Buch wird ein Statement abgegeben. Ein großes Genre an Gefühl, Spannung und Unterhaltung in der Art, wie wir es aus Pferdegeschichten üblicherweise kennen, ist nicht zu erwarten.

Selbst das Happy End der Geschichte, falls man es überhaupt so nennen kann, fällt gefühlstechnisch eher flach und sachlich aus.

Ich gebe die Sichtweise einer Pferdebesitzerin wieder.

Diese möchte und kann ich in ihrem Inhalt nicht verändern, dramatisieren oder beschönigen.

Lediglich dem Buch einen gewissen „Touch" verleihen, indem ich Bilder zwischen den Textzeilen eingefügt und einige Pferdesprüche zitiert habe.

Das Buch ist bereits in der zweiten Auflage erschienen, da es in der ersten einfach viel zu dünn war von der Struktur der Seitenanzahl.

Außerdem habe ich bitterböse Nachrichten erhalten, dass das Buch verboten wird, weil es nicht den Tatsachen entsprechen würde. Gut, ob das durchzuboxen ist, halte ich eher für unwahrscheinlich und darin sehe ich auch keinen Grund. Niemand wird im Buch angeklagt oder beschuldigt. Kein Rufmord oder ähnliches wird betrieben.

Namen fallen auch keine.

Also des lieben Friedens willen fassen wir uns ein Herz und lassen das Statement von Corinna S. über uns ergehen, denn auch sie sollte das Recht bekommen, ihre Meinung frei äußern zu dürfen.

Natürlich gibt es in einer Geschichte immer verschiedene Sichtweisen, wenn mehrere Protagonisten an ihr beteiligt sind.

Ich habe die Abkürzungen der Namen beteiligter Personen im Buch noch einmal bewusst verändert und versucht, dem Skript nochmals an „Schärfe" zu nehmen.

Ich möchte mit diesem Buch keinen Ärger provozieren, denn Ärger hat es um das Pferd genügend gegeben, das sollte allen Beteiligten reichen.

Für diejenigen, die die Geschichte von „Nicky" nicht kennen, ist die Erzählung wahrscheinlich weniger interessant, als für die Menschen, die den Rummel um die Fuchsstute damals „live" verfolgt haben…!

Natürlich werden einige von ihnen fluchen und sagen, das war so gar nicht, sondern das war so und so!

Gut liebe Leute, dann schreibt einfach eure eigenen Bücher oder lasst sie schreiben und gebt in ihnen eure Meinung ab.

Besonderer Hinweis:

Der Textinhalt bedeutet nicht, dass ich seinen Ausführungen, Auffassungen, Aussagen, Meinungen, Begebenheiten oder Vorkommnisse in meiner persönlichen Meinung teile ihn unterstütze und zustimme, nur, weil ich ihn veröffentlicht habe! Die Veröffentlichung ist von mir auf den ausdrücklichen Wunsch von Corinna S. vorgenommen worden.

Mir wurde ein Auftrag erteilt.

Bei Beschwerden bezüglich des Inhalts usw. verweise ich ausdrücklich auf meinen Haftungsausschluss für den Textinhalt.

Danke!

„Nicky" hieß eigentlich *„Araquwa"*.

Die kleine Fuchsstute mit dem frechen Blick im Auge, war noch ein junges Pferd, als sie nach Deutschland kam. Eingeführt worden war sie aus Russland. Die Stute sollte verkauft werden über einen windigen Händler im tiefsten Gebirge Deutschlands.

Bekannt sei dieser dafür, dass er die Pferde für einen „Appel" und „Ei" einkauft und sie gewinnbringend weiterveräußert.

Bei „Nicky" handelte es sich um ein „Russisches Vollblut". Kenner dieser Rasse wissen den Mut der Tiere, ihre damit verbundene Stärke, die Ausdauer, ihren eisernen Willen und ihre unbändige Lebensfreude zu schätzen.

Das bedeutet, sie wissen somit bestens, welch einen heißen „Feger" sie sich in den Stall holen.

Sie tun dies bewusst.

Ein Reiter, der keine Ahnung hat oder nur wenig Erfahrung, sollte sich ein derartiges Tier nicht zulegen.

Ein kleines Mädchen von 14 Jahren konnte wohl kaum wissen, welch eine *„Rennmaschine"* die hübsche Stute Nicky war…

„Liebe auf den ersten Blick" entscheidet manchmal über weiteres „Schicksal"…!

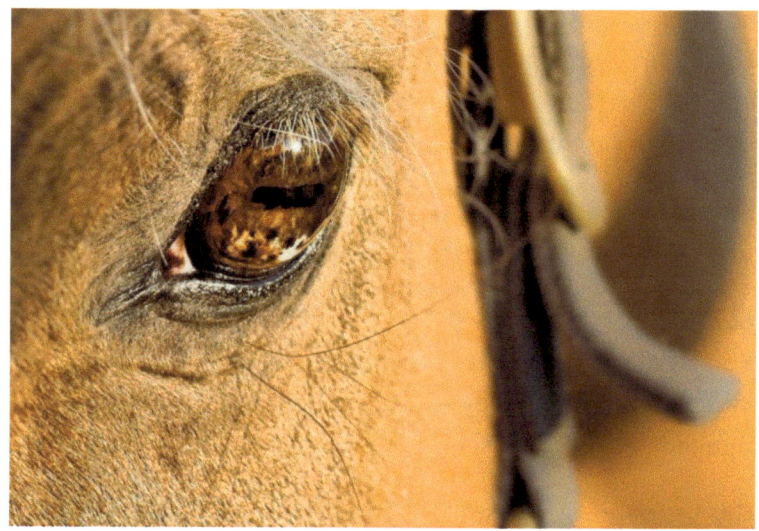

Ein kleines Mädchen mit großem Herz trifft auf ein Pferd, in das es sich auf Anhieb verliebt.

Ein gefundenes Fressen für den Händler, der die Stute bereits zum Verkauf angeboten hatte und natürlich über den Besuch eines kleinen Mädchens und dessen Mutter hocherfreut war.

Das Mädchen, die zukünftige Besitzerin des Pferdes „Nicky", nennen wir im weiteren Verlauf der Geschichte „Corinna".

Das genaue Kauf-Datum von „Nicky" ist Corinna bestens bekannt.

Es habe sich in ihr eingeprägt, sagt sie, weil es sich bei „Nicky" um ihr erstes eigenes Pferd handelte.

Am 10.05.2002 erwarb Corinna mit Hilfe ihrer Mutter die 160 cm große, und damit eher kleine Fuchsstute „Nicky" mit der auffälligen, breiten Blesse.

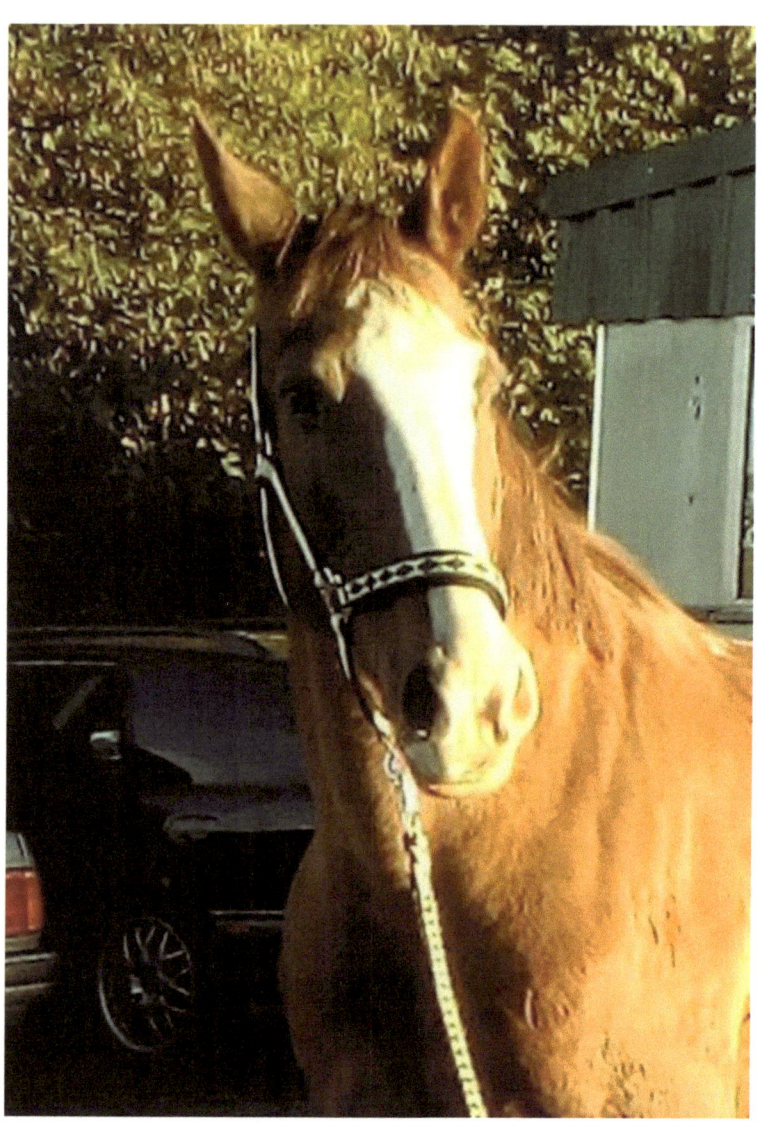

Zu dem Kaufzeitpunkt war die Stute „Nicky" 6 Jahre alt. Durch die schöne breite Blesse und ihre vier weiß gezeichneten Beine war „Nicky" optisch ein echter „Blickfang".

Die Händler sind allgemein „ausgebufft" und dafür bekannt.

Tief greifen sie in die Trickkiste, um ihre Kunden für sich zu gewinnen.

Sie wissen genau, wie sie die Herzen der Kunden erweichen können.

Ein wunderschöner, bunter Fuchs zieht garantiert die Aufmerksamkeit seiner Betrachter auf sich.

Die gestiefelte „Nicky" mit dem kecken Blick, eroberte das Herz des kleinen Mädchens im Sturm.

Ein wenig plauderte der Händler über „Nickys" Herkunft aus dem Nähkästchen.

So viel wie nötig, so wenig wie möglich!

Spannend gestaltete er den bisherigen Lebenslauf der Vollblutstute.

„Nicky" war in Russland angeblich auf landestypischer Manier „Distanzrennen" gelaufen.

„Landestypische Manier", bedeutet in dem Fall, Hauptsache, Pferd und Reiter kommen lebend ins Ziel.

Mehr Regeln gibt es dort nicht.

Ja, Russland, wie es leibt und lebt.

Die Pferde dort sind keine Luxusgegenstände, wie die Tiere bei uns in Deutschland.

Andere Sitten, andere Bräuche!

Pferde sind in Russland Gegenstände, das Mittel zum Zweck. Regeln im Pferdesport sind in dort unbekannter Herkunft und die Ausnahme.

Die Pferde kennen nichts, außer kargem Gebirge, in dem sie auf der Suche nach „Futter" täglich um ihr Überleben kämpfen müssen.

Die Pferde dort in der Wildnis werden sich selbst überlassen.

Nur die Starken überleben.

Das Probereiten von „Nicky" klappte vorbildlich. Die Stute zeigte sich als sehr umgängliches, braves Pferd und präsentierte sich unter dem Sattel hervorragend.

Mit ihren tollen Bewegungen begeisterte das Pferd Mutter und Tochter gleichermaßen.

Liebe auf den ersten Blick war „Nicky".

In ihrer Gesamterscheinung hatte die Stute gleich Corinnas Herz erobert und sie punktete noch einmal zusätzlich mit ihrem fabelhaften Verhalten unter dem Sattel.

Da wurde nicht lange diskutiert und auch nicht mehr über den Preis verhandelt.

Zur Freude des Händlers vollzog sich ein reibungsloser, unproblematischer Kauf und „Nicky" wurde von Corinnas Mutter direkt mitgenommen.

Den Pferdeanhänger hatte man vorsichtshalber gleich hinter das Auto gehangen.

Voller Freude war Corinna, die es kaum erwarten konnte, was ihre kleine Ponyherde zuhause wohl zu dem Neuzugang „Nicky" sagen würde.

Die Familie von Corinna war bereits seit vielen Jahren im Besitz mehrerer Pferde, die man am Haus mit eigenem Stall und angrenzender Weide versorgte.

Die Stute „Nicky" war das erste „Großpferd", das angeschafft wurde, damit die Tochter erfolgreich an Turnieren teilnehmen konnte.

Was für ein Pferd man sich jedoch tatsächlich in den Stall geholt hatte, für ein eigentlich noch kleines, unbedarftes Mädchen, war allen Beteiligten scheinbar nicht wirklich bewusst.

Bereits einige Tage später kam das bittere Erwachen.

Nicky drehte durch.

Man kann auch sagen, „Nicky" drehte auf!

Die beim Probereiten einst so brave Stute erschreckte sich plötzlich vor „Allem"!

Vögel, Blumen, Blätter, Bäume, Gullideckel, Wurzeln am Boden, eigentlich alles, was einem Pferd geläufig und bekannt sein muss, brachten „Nicky" beinahe um ihren Pferdeverstand.

Grundlos rannte die Stute panikartig los, erschrak sogar vor ihrem eigenen Schatten.

Corinna bekam wahrhaftig einen großen Schreck, über den plötzlichen charakterlichen Wandel ihres Pferdes.

Ein Kind jedoch empfindet solch unerwartete Begebenheiten der Dinge weniger dramatisch, als Erwachsene es vielleicht tun würden und somit beschloss Corinna tapfer, mit dem Pferd intensiv zu „arbeiten".

„Nicky" war immerhin ihr „Herzenspferd".

So schnell wollte Corinna nicht aufgeben.

Ihr Herzblut steckte Corinna in ihre geliebte Stute „Nicky", wie sie berichtet.

Bodenarbeit, Schreck-Training und Vertrauensarbeit.

Pferd und Reiterin vollzogen das „volle Programm".

Oft gab es Tränen.

Verzweiflung.

Corinna wollte aufgeben.

„Nicky" erwies sich als wirklich schwieriger Pferdefall.

Selbst der ein oder andere hartgesottene Reitlehrer resignierte und wollte mit dem Pferd nicht weiter arbeiten.

Oftmals bekam Corinna zu hören:

"Ihr bringt euch noch mal um".

Die Hartnäckigkeit der 14 Jährigen zahlte sich irgendwann aus.

Der Knoten zwischen ihr und Stute „Nicky" platzte.

Die gemeinsamen Ausritte waren vielversprechend.

Das Vertrauen zwischen Pferd und Reiter war aufgebaut, beide harmonierten miteinander.

Beinahe hätte man sagen können, aus den beiden war mittlerweile ein echtes „Dream-Team" geworden.

Die ersten Turniere waren in Planung.

Der Erfolg stellte sich mit den ersten Teilnahmen ein.

Dabei war es egal, ob Corinna und „Nicky" in der Dressur, im Springparcours oder in der Vielseitigkeit unterwegs waren.

Im Zeitspringen waren wir sie immer vorne in den Rangierungen mit dabei.

„Nicky" lief buchstäblich für ihre Reiterin durchs Feuer.

Beide sammelten einige Erfolge, nahmen an Abzeichenlehrgängen und Turnieren bis zur Leistungsklasse der Kategorie „L" teil.

Selbst Corinnas Auszug aus dem Elternhaus, konnte das junge Mädchen von ihrem Pferd „Nicky" nicht trennen.

Corinna nahm „Nicky" kurzentschlossen von zuhause mit und finanzierte ihr „Seelenpferd", wie sie „Nicky" liebevoll nennt, über Nebenjobs bis hin zu ihrer Ausbildung, aus eigener Tasche. Natürlich blieb während der Lehre nicht mehr allzu viel Zeit für das Training mit „Nicky".

Nach einiger Zeit waren Pferd und Reiter somit nur noch auf dem Feld der Freizeitreiterei unterwegs.

„Nicky", die bisher bekannt dafür war, dass sie absolut ihren eigenen Kopf hatte, bekam schließlich im Lauf der Jahre ein Fohlen.

Den Hengst hatte sich die vorwitzige Stute selbst ausgesucht.

Ein fremder Weidehengst aus der Nachbarschaft.

Einen „popligen" Haflinger.

„Nicky" bekam jedoch ein tolles Fohlen von ihrem Auserwählten!

"Sharina".

Ein Kind der Liebe.

Das Schicksal des Pferdes nahm seinen Lauf über die Jahre.

Nichts währt für Immer, nichts geht dauerhaft glatt im Leben.

Die Erfahrung musste auch Corinna machen.

Im Urlaub erhielt sie einen Anruf.

Eine „Hiobs Botschaft". Bis zu dem Tag war „Nicky" nicht einmal krank gewesen.

Niemals zuvor hatte die „zähe Stute" unter einer Lahmheit, noch an einer kleinen „Macke" oder einem „Kratzer" gelitten. Die Stute kannte keine Verletzungen und den Tierarzt nur vom Impfen.

Dann erreichte Corinna die traurige Nachricht über das dramatische und schlechte gesundheitliche Befinden ihrer Stute!

„Nicky" hatte den Tritt eines anderen Pferdes abbekommen. Die Stute stand auf drei Beinen in der Box.

Eiter lief aus ihrer Schulter.

Den Urlaub vorzeitig abgebrochen aus Sorge um ihr Pferd, war der erste Gang aus dem Flieger für Corinna natürlich direkt der zu ihrem Pferd.

Der Ablauf, vor den es einen jeden Pferdehalter gruselt, war zunächst der Gang zur Röntgenuntersuchung.

Bis dahin lag keine genaue Diagnose vor.

Nach dem Erstellen der Bilder dann die traurige Gewissheit, es handelte sich um eine Fraktur.

Der Knochen hatte sich bereits entzündet.

Ein eigentlich kleiner Haarriss hatte bereits eine Tragödie verursacht.

Die Wunde hatte sich infiziert und den Knochen angegriffen.

„Nicky" bekam „Boxenhaft" verordnet und etliche kostenaufwendige Behandlungen zogen sich durch mehrere Wochen.

Bangen, Hoffen, Warten…!

Aus der Traum, noch einmal eine Sportkarriere anzustreben. Springen…?

Nein, aussichtslos!

Zurück in den Springsport schien für das Pferd der Vergangenheit anzugehören.

Aus der Traum.

Für „Nicky" war die Boxenruhe der wohl schlimmste Part während ihrer langwierigen Genesungszeit.

Für ein Pferd, das mit einem enormen Bewegungsdrang ausgestattet ist, war das „Stillstehen" eine regelrechte Strafe.

Dennoch, die Zeit heilt bekanntlich alle Wunden…

„Nicky" kämpfte sich tapfer zurück ins Leben!

„Gutes Heilfleisch", hatte die Stute.

Der Knochen verheilte rasch und es schien, als sei die Stute „Über den Berg".

Nachdem der Tierarzt das „OK" gegeben hatte, dass „Nicky" wieder ins leichte Training aufgenommen werden durfte, begannen Pferd und Reiter quasi wieder von vorn in dem „Einmaleins" der Reiterei.

Spazierengehen, Muskelaufbau und Bodentraining.

Ein starkes Team waren die beiden.

Corinna und ihre über alles geliebte „Nicky".

Nach weiteren drei Monaten kam bei Corinna die so lang erhoffte „Entwarnung" ihres Tierarztes.

Das Röntgen war unauffällig, der Bruch schien gut verheilt, der Tierarzt gab grünes Licht.

Reiten und sogar das geliebte „Springen" sollten für Pferd und Reiter bald wieder möglich sein.

Der Lebenswandel von Corinna zog unaufhaltsam ins Land.

Neue Liebe, neues Glück!

Neuer Wohnort.

Corinna musste zwischen ihrem Wohnort und ihrer Arbeitsstelle einige Kilometer hin und her pendeln.

„Nicky" zog in einen Selbstversorger -Stall ein.

Zusammen mit einer Stute der Freundin von Corinna. Die ersten Probleme fingen an und die eigentliche Geschichte nahm ihren Lauf.

Vorwitzige Nachbarn und besonders aufmerksame Menschen meinten, sich wichtig stellen zu müssen und provozierten „Ärger", erzählt Corinna.

Absichtlich, ihrer Meinung nach.

Du wirst in diesem Leben immer Menschen finden, die anderen Menschen einen reinwürgen müssen! Das ist wohl leider so!

Da hieß es plötzlich, im Winter sei der Paddock für die Pferde zu matschig, dort könnten die Tiere nicht mehr gehalten werden, das entspräche nicht dem Tierschutzgesetz.

Angeblich bekamen die Pferde falsches Futter.

Schlechte Pflege, mangelnde Versorgung und ruck zuck, stand der Amtsveterinär vor dem Stall.

Nach dem Amtstierarzt besuchte Corinna schließlich auch der Tierschutz.

Augenscheinlich war alles in Ordnung mit den Pferden.

Weder die Tierschutzbeauftragten, noch die Tierärzte hatten etwas wirklich „Dramatisches" auszusetzen an der Pferdehaltung.

Die Anschuldigungen der widerlichen Menschen, so Corinna, hörten jedoch nicht auf!

Wenn der Frömmste nicht in Frieden leben kann!

Grausam!
Das „Mobbing" der Tierfreunde, die alles besser wussten, hinterließen Spuren bei Corinna.

Ein nervlicher, täglicher Kampf, der irgendwann unerträglich wurde.

Corinna beschloss, ihre „Nicky" und den mittlerweile 30 jährigen, neu angeschafften Pferdekumpel in einen Reitstall umzustellen, in Vollpension.

Corinna glaubte, damit würde der Ärger endlich ein Ende finden…

Falsch gedacht, sagt sie.

Zunächst erfolgte bei Corinna die Trennung vom Partner.

Nach einer Weile trat ein neuer Mann in ihr Leben.

Corinna wurde schwanger.

Viel zu schnell, das gesteht sie heute.

Ein junges, unerfahrenes Mädchen, frisch verliebt und eine frühzeitige Schwangerschaft, da ist leider der Abrutsch oftmals vorprogrammiert.

Wenn anfänglich noch alles recht gut lief, so war der Absturz bereits in unmittelbarer Nähe und unaufhaltsam.

Während Corinna mit ihrer neuen großen Liebe noch zusammen auf den Rücken der Pferde gemeinsam durch die Wälder streifte und sich in einem Bilderbuchleben glaubte, mit ihren Pferden, einer kleiner Familie und der wahren Liebe an ihrer Seite, geriet ihr Leben unweigerlich aus den Fugen.

Ihre Schwangerschaft forderte den Jobverlust.

Ein heftiger Schlag für die junge Frau.

Ihr Lebensgefährte hielt sich nie länger als vier bis sechs Wochen lang in einem Job.

Corinna nahm einen Job als Kurierdienstfahrerin an.
(Paketservice)

Als sie ins Krankenhaus zur Entbindung kam, war ihr Lebensgefährte bereits „inhaftiert".

Wegen diverser Delikte.

(Betrug, Fahrens ohne Führerschein usw.)

Dazu im späteren Verlauf mehr…

Sicherlich kann man sich vorstellen, wie es sich für eine junge Frau anfühlt, ihr Kind zu entbinden und der Partner ist zu dem Zeitpunkt inhaftiert…!

Das Schicksal meinte es allerdings zwischendurch auch mal gut mit Corinna.

Ihre kleine Tochter kam erst zum dritten Entbindungsanlauf per Kaiserschnitt zur Welt.

Die anderen zwei Male zuvor waren „falscher Alarm".

(An dieser Stelle möchte sich Corinna bedanken. Bei ihrer Freundin, die ihr während der schweren Zeit hilfsbereit zur Seite gestanden und die Zeit im Krankenhaus mit Corinna zusammen verbracht hat).

Zum dritten Entbindungstermin am 19.03.2012, zahlte Corinna ihren Partner finanziell frühzeitig aus der Justizvollzugsanstalt aus, so dass auch er bei der Geburt seiner Tochter dabei sein konnte.

Welch ein Glück für die kleine Familie.

Im Krankenhaus erreichte Corinna wenige Tage später die nächste schlechte Nachricht.

Das 30 jährige, alte Pferd, das „Nicky" ursprünglich als Gesellschaft diente, hatte einen Unfall erlitten.

Auf der Weide sei der Wallach von einem anderen Pferd „vermöbelt" worden.

Corinna müsse handeln und das Tier sofort erlöst werden, teilte man ihr mit.

Schweren Herzens trennte sich Corinna von dem Pferd.

Die Organisation des Ablaufs der Dinge überließ Corinna ihrem damaligen Lebensgefährten.

Sie lag schließlich mit Kaiserschnitt und neugeborenem Kind im Krankenhaus.

Somit unfähig, großartig agieren zu können.

Die Gerüchte nahmen erneut ihren Lauf.

Corinna habe ihr altes Pferd regelrecht abgeschoben und in schlechtem Zustand wortlos aus dem Stall abgeholt!

Ein verbaler Spießrutenlauf ging von vorn los.

Das Geld bei Corinna wurde knapp.

Somit fuhr Corinna kurz nach der Geburt weiterhin Paketdienst!

Mit Kind…!

„Nicky" ging über einen Umweg am 01.09.2012 zu Frau A. in den Stall. (Anfangsbuchstabe geändert)

Corinna suchte für „Nicky" eine Reitbeteiligung.

Mit Kind, Job und Hund, das war alleine nicht zu bewältigen für die junge Mutter.

Im Oktober darauf starb ein wichtiger Freund von Corinna.

Ein weiterer Verlust und trauriger, schwerer Eingriff in ihr junges Leben.

Die Dinge nahmen ihren Lauf und hinterließen natürlich Spuren.

Ohne den Halt der eigenen Familie, alleine und völlig auf sich selbst gestellt, wie soll ein Mensch das bewältigen, wenn das Leben plötzlich in völlig schiefen Bahnen läuft?

Der Freund von Corinna arbeitete zu dem Zeitpunkt bei Frau A., bei der Corinna ihre Stute „Nicky" untergebracht hatte, auf dem Bau.

Frau A. war im Besitz einer Baufirma.

Das Verhältnis im Stall war anfänglich angenehm gut.

Corinna und ihr Freund gingen täglich gemeinsam ein und aus für ca. ein Jahr bei Frau A.

Eine innige Freundschaft war entstanden.

Corinna und ihr Lebensgefährte kauften sogar ein zweites Pferd.

Dieses wurde ebenfalls bei Frau A. eingestallt. Corinna und ihr Freund kümmerten sich um die Pflege der Tiere von Frau A., während diese im Urlaub war.

Frau A. brachte als Dank der Tochter von Corinna kleine Geschenke aus dem Urlaub mit heim.

Corinna war glücklich.

Ihr Leben schien in rechten Bahnen.

Eine Reitbeteiligung war auch gefunden für „Nicky".

Das Mädchen „M". (Name geändert)

Diese kümmerte sich liebevoll um „Nicky".

Im Sommer 2013 endete die Beziehung zwischen Corinna und ihrem Freund nach häuslicher Gewalt und Betrug/Fremdgehens, seitens ihres Lebenspartners.

Corinna verließ ihren Freund.

Nur mit der Kleidung, die sie und ihre Tochter zu dem Zeitpunkt am Leib trugen, verließen sie die gemeinsame Wohnung.

Die privaten Gegenstände sowie ihre Papiere etc. bekam Corinna bis heute nicht ausgehändigt.

Das sei aber ein anderes Thema, sagt die junge Frau.

Das Theater, das Corinna am Halse hatte, blieb der Stallgemeinschaft natürlich nicht verborgen.

Für Corinna war es ein schwerwiegender Zustand, dass ihr Freund weiterhin handwerklich tätig war in dem Betrieb der Frau A., in deren Hände und Obhut sich ebenfalls ihr Pferd „Nicky" befand.

Corinna bat mehrfach darum, ob es möglich sei, einen Weg zu finden, dass sie sich um ihr Pferd kümmern konnte, ohne auf ihren „Ex-Freund" zu treffen.

Die Bitte stieß auf Unverständnis bei Frau A. und in der gesamten Stallgemeinschaft.

Man sei schließlich „Erwachsen" und müsse mit der „Situation" klarkommen.

Als im Stall bei Frau A. bekannt wurde, dass Corinna daraufhin ihr Pferd „Nicky" natürlich umstellen wollte, ging die Story richtig los.

Der Psychoterror nahm weiter seinen Lauf.

Corinna bekam Hausverbot rund um das Anwesen von Frau A.

Somit konnte Corinna sich nicht mehr um „Nicky" kümmern.

Das war im Juli/August 2013.

Hilflos suchte Corinna einen Anwalt auf, um sich zu informieren, ob die Geschehnisse rechtens waren.

Die Herausgabe ihres Pferdes „Nicky" wurde ihr ebenfalls verweigert.

Der Anwalt erteilte die Auskunft, Corinna sollte keine Boxenmiete mehr an Frau A. bezahlen, solange sie keinen Zugang mehr zu ihrem Pferd hatte.

Daraufhin erfolgte am 18.09.2013 die Einstellvertrags-Kündigung seitens Frau A., adressiert an Herrn E.

Herr E., zu der Zeit der Ex-Freund von Corinna!

Die Kündigung von Frau A. erfolgte aufgrund der aufgelaufenen Mietschulden, da Corinna den Unterhalt für „Nicky" nicht mehr bezahlte.

Der Einstellvertrag war zwischen Frau A. und Herrn E. geschlossen worden, seinerzeit.

Während Corinna jedoch den Unterhalt ihres Pferdes weiter finanzierte.

Corinna bat durch ein anwaltliches Schreiben um Herausgabe ihres Pferdes gegen Zahlung der aufgelaufenen Schulden mit der Bitte um Vereinbarung einer Ratenzahlung.

Der Vorschlag wurde von Frau A. abgelehnt, sagt Corinna.

Eine Bezahlung der kompletten Summe auf einem Mal war ihr aufgrund der Trennung, der zu erwartenden folgenden Einstellkosten ihres Pferdes „Nicky" und der Neuanschaffung eines kompletten Haushaltes nicht möglich.

Heute hat Corinna eine Vermutung, warum dieses Angebot damals abgelehnt wurde.

Frau A. wollte das Pferd „Nicky" für sich in Anspruch bzw. in „Besitz" nehmen.

Am 29.09.2013 sendete Frau A. an Herrn E. ein Schreiben über ihren Anwalt, in dem sie mitteilen ließ, dass sie nun ein Vermieter-Pfandrecht (seit 2006 nicht mehr zulässig bei Pferden), geltend machen werde.

Dieses stellte sie an die Adresse der neuen Partnerin des Herrn E. zu. Im Februar bekam Corinna eine Nachricht des Herrn E., ihres Ex-Freundes…!

Er habe seine Schulden beglichen bei Frau A. und das Pferd „Nicky" nun umgestellt.

Corinna habe also wieder Zugang zu ihrem Eigentum.

-Riding ist he best solution to any problems-

Die Freude für Corinna war riesengroß.

Endlich durfte sie ihr geliebtes Pferd wiedersehen.

Sofort fuhr sie trotz ihrem Streit mit Herrn E., zum besagten Stall und dort stand tatsächlich ihre „Nicky", gesund und munter in der Box.

Corinna nutzte jede freie Minute, welche sie aufbringen konnte, um mit „Nicky" spazieren zu gehen, sie zu reiten und sich einfach erfreuen zu dürfen, dass „Nicky" wieder bei ihr war.

Das Zubehör ihres Pferdes befand sich zu dem Zeitpunkt angeblich noch bei Frau A. in deren Stall.

Leider war die Freude nicht von langer Dauer.

Kurze Zeit später ging eine Suchmeldung durchs Internet.

Das Pferd „Nicky" sei in H. von der Koppel „geklaut" worden.

Wer etwas über den Verbleib des Pferdes wisse, sollte sich bei der "Besitzerin" Frau A. oder der zuständigen Polizei melden.

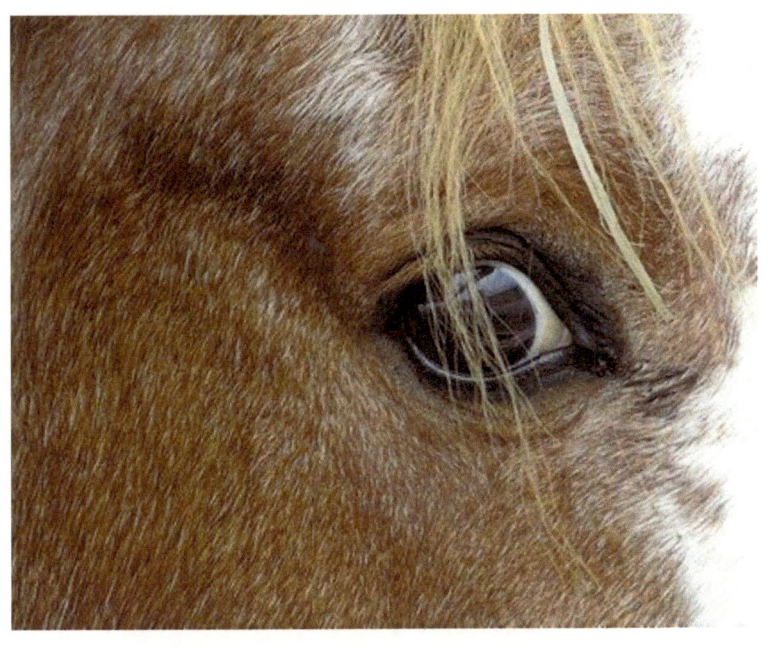

Wir haben fast vergessen, was für eine seltsame Sache das ist, das ein Tier, so groß, so kraftvoll und so intelligent wie das Pferd, einem weit schwächerem Wesen erlaubt, auf seinem Rücken zu reiten.

Natürlich wurde ein derart auffälliges Pferd schnell gesichtet, es stand ja auf der Koppel und war nicht irgendwo versteckt.

Corinna war sich keiner Schuld bewusst.

Dann kam es, wie es kommen musste. Frau A. stand plötzlich auf dem Hof.

Sie stellte sich angeblich dreist vor Corinna mit einem Schriftstück in der Hand.

Bei diesem handelte es sich um eine einstweilige Verfügung, auf Herausgabe „ihres" Pferdes.

Jegliche Versuche, diese Herausgabe zu verhindern, indem Corinna einige Nachweise ihres Eigentums vorbrachte, (Kaufvertrag, Aussage der Eltern usw., waren zwecklos)

„Nicky" wurde mitsamt neuem Halfter und Decke aufgeladen und vor Corinnas Augen abtransportiert.

Ihre Trauer, Wut und Enttäuschung kann Corinna bis heute nicht in Worte fassen.

Ihr geliebtes Tier war ihr „wieder" entwendet worden. Mit gerichtlichem Beschluss.

Dies geschah am 06.02.2014.

Es folgten weitere anwaltliche Schreiben und Anzeigen wegen Unterschlagung des Pferdes „Nicky", von Corinna ihrem Anwalt gegen Frau A.

Mehrfache Widersprüche legte Corinna gegen das Herausgabe- Urteil ein!

Zwecklos!

Das Verfahren sei abgeschlossen und durchgesetzt, argumentierte die Justiz!

Ein glücklicher Zufall ließ Corinna im Frühjahr 2014 erfahren, dass Frau A. insolvent war.

Ein Insolvenzverfahren bei einer Kanzlei in D. war anhängig!

Diese kontaktierte Corinna underklärte ihre Sachlage.

Der zuständige Sachbearbeiter war sehr nett und verstand ihre Lage, sagte Corinna.

Nach einem längeren Prüfverfahren schien die „Schuldfrage" geklärt.

Corinna hatte laut Auffassung des Sachbearbeiters den Eigentumsnachweis an ihrem Pferd „Nicky" eindeutig erbracht und erwiesen.

Frau A. hatte keinerlei rechtskräftige Ansprüche gegen Corinna und ihr Pferd „Nicky" geltend machen dürfen.

Die Entwendung des Pferdes war anscheinend tatsächlich unrechtmäßig erfolgt!

Frau A. reagierte auf keine weitere Kontaktaufnahme, zwecks Terminvereinbarung zur Herausgabe des Pferdes.

Die Zeit drängte...!

Ab September würde das Insolvenz-Verfahren abgeschlossen sein.

Corinna nahm all ihren Mut zusammen. Trotz der Gefahr des „Hausfriedensbruchs", fuhr sie mit dem passenden Schriftstück bezüglich der Schuldklärung sowie der Bestätigung des Insolvenzverwalters, das sie berechtigt war, ihr Pferd abzuholen, zum Stall der Frau A.

Außerdem hatte Corinna mittlerweile den alten Kaufvertrag aus dem Jahr 2002 herbeigeschafft, der nun ihr „Eigentumsrecht" nochmals bestärken sollte.

Corinna hatte Glück, ihr Pferd stand auf der Koppel, welche im Eigentum der Schwiegertochter von Frau A. stand.

Das bedeutete, beim Betreten dieser, lag kein Verstoß gegen das Hausverbot vor.

Hausfriedensbruch hätte man Corinna diese Reise nicht ankreiden können!

Mutig nahm Corinna ihr Pferd „Nicky" an den Strick und zog mit ihrer Stute los…

Von der Koppel.

Mit dem Pferd an der Hand..

Den Rest würde der Anwalt klären, so dachte Corinna, wie sie sagt.

Falsch gedacht!

Am neuen Stall angekommen, erfreute sich Nicky an einer großen Koppel und zahlreichen neuen Freunden.

„Nicky" schien gesund und munter bis auf eine Pilzinfektion im Kopfbereich.

Herr E., mit welchem Corinna nur noch aufgrund ihrer gemeinsamen Tochter Kontakt pflegte, bestätigte ihr am 04.September, um endlich Ruhe in den Streit um „Nicky" zu bringen, dass er **keinerlei Eigentumsrechte** an ihrem Pferd hatte!

Dennoch hielt Corinna es für sinnvoll, diese wichtige Auskunft schwarz auf weiß dokumentiert in ihren Händen halten zu können.

Leider reichten die Beziehungen von Frau A. viel weiter, als von Corinna gedacht, scheinbar auch bei der Polizei!

Ein weiterer Diebstahl bezüglich des Pferdes „Nicky" wurde von Frau A. gemeldet und im Internet begann erneut die öffentliche Hetzkampagne gegen Corinna.

Das Pferd „Nicky" war schon wieder von der Koppel entwendet worden, hieß es! Fassungslosigkeit!

Aufgrund massiver Nachforschungen fand Frau A. mit Hilfe des Herrn E. erneut heraus, wo sich „Nicky" befand.

Frau A. setzte wieder das Herausgabe-Recht, welches auf Herrn E. lief, in Kraft.

Wieder gelang es Frau A. mit dem Herausgabe-Recht, das nach Corinnas Meinung auf lauter Lügen basierte, ihre vermeintlichen Rechte an dem Pferd „Nicky", erneut unrechtmäßig durchzusetzen!

Dieses Mal sogar unter Androhung von Gewalt an einer Hochschwangeren, erzählt Corinna verärgert, als sie sich an den Vorfall erinnert.

Corinna war zu dem Zeitpunkt im 7. Monat mit ihrem zweiten Kind schwanger.

Fragwürdig ist, ob die Polizei berechtigt war, eine solche Herausgabe zu unterstützen!?

Außerdem war nun mehrfach bewiesen, dass dieses Urteil unrechtmäßig war.

Die Forderungen waren rechtswidrig und die Angaben von Frau A., mit denen sie versuchte, an das Urteil zu gelangen, weitestgehend erfunden.

An dem Tag, als Frau A. erneut mit ihrer „Brigade", wie Corinna die Truppe um Frau A. herum bezeichnet, sowie der Polizei im Schlepptau, an dem neuen Stall von „Nicky" auftauchte, war in dem Moment zeitgleich der Tierarzt anwesend, zum Check Up von „Nicky".

Unter anderem sollte dieser einen neuen Equiden- Pass beantragen.

Ein solcher Pass des Pferdes war angeblich nicht mehr vorhanden. Dabei hatte Frau A. ihn nur nicht mehr ausgehändigt.

Der Tierarzt kam nicht zur Fertigstellung seiner Unterlagen an dem Tag, schildert Corinna den dramatischen Vorfall.

Trotz eines neuen Passantrages für „Nicky", der Bestätigung der Deutschen Reiterlichen Vereinigung, dem Kaufvertrag und Schriftsatz des Herrn E., schenkte man Frau A. wieder einmal mehr Glauben, dass es sich bei „Nicky" um ihr rechtmäßiges Eigentum handelte, als Corinna!

Wieder blieb Corinna nur der Gang zum Anwalt.

Wieder musste sie das Verfahren weiterlaufen lassen, denn ohne die rechtlichen Schritte, machte es überhaupt keinen Sinn, gegen Frau A. vorzugehen.

Frau A. war laut Corinna scheinbar resistent gegen Verordnungen und gerichtliche Androhungen.

Im Anschluss der erneut unrechtmäßigen Entwendung des Pferdes, verfasste Frau A. mit Hilfe des Herrn E. am 10.11.2014 einen Kaufvertrag.

In diesem erwarb sie von Herrn E. das Eigentum an „Nicky", zu einem Kaufpreis von 2500 Euro, welches die bis dahin aufgelaufenen Mietschulden des Herrn E. vom 01.01.2014-10.11.2014 begleichen sollten.

Erschreckend, wie sehr Herr E. und Frau A. gemeinsam unter einer Decke zu stecken schienen…! Sinniert Corinna.

Bis dato legte Corinna sämtliche Eigentumsnachweise ihres Pferdes bei der Polizei vor, bezüglich der Diebstahl Anzeigen, die gegen sie liefen, durch Frau A., erwirkt, um diese zu widerlegen!

Die Anzeigen wurden „komischerweise" beide eingestellt, da Corinna nicht ihr eigenes Eigentum, ihr Pferd „Nicky", persönlich klauen" konnte.

Nun endlich im Sommer 2015 war es soweit, nachdem die Gegenpartei mehrfach den Termin verschoben hatte, der „Gütetermin" stand an…!

Gütetermin…

Haha !!

Corinna lacht verbittert.

Bei der Vorgeschichte war es eigentlich klar, dass eine gütige Einigung zwischen den Parteien scheitern und nicht mehr in Frage kommen würde.

Also folgte die Ladung der Parteien zur Hauptverhandlung mit Beweisaufnahme, gute 4 Wochen später!

Hauptzeuge war Herr E…!

Dieser Umstand war für Corinna besonders lächerlich und auch bitter.

Dieser hatte nun an „Eidesstatt" auch Frau A. gegenüber bezeugt, dass er sehr wohl Eigentümer des Pferdes „Nicky" war.

Dieser fatale Fehler brachte Herrn E. wenig später erneut hinter „Schwedische Gardinen". In den Knast!

Frau A. hatte in der Zeit (am 18. November 2014), bei der Deutschen Reiterlichen Vereinigung bereits erneut einen Equiden- Pass für „Nicky" beantragt und diesen von der Behörde ausgestellt und genehmigt bekommen. Dort war sie sogar als Eigentümer eingetragen worden.

Mehrere Hinweise an die Deutsche Reiterliche Vereinigung, dass dies bitte nicht geschieht, (neuen Pass des Pferdes auszustellen), da das Pferd momentan in einem Rechtsstreit lag, waren im Sande verlaufen.

Die Erklärung des zuständigen Mitarbeiters lautete:

"Wir haben einen Kaufvertrag erhalten sowie eine eidesstattliche Erklärung. Wir sind davon ausgegangen, dass dies der Wahrheit entspricht. Wir überprüfen so etwas nicht!"

Dass der Kaufvertrag mit der Person, die als Eigentümer im Pass als letzter Besitzer eingetragen war, nicht übereinstimmte, schien bei der Deutschen Reiterlichen Vereinigung egal zu sein.

Zurück zu der Verhandlung im Gericht.

Herr E. sagte aufgrund angeblicher Krankheit wiederholt den Termin ab!

Er fragte aber tags darauf, ob er Umgang zu seiner Tochter haben durfte.

Sehr kuriose, schnelle Genesung, dachte Corinna kopfschüttelnd.

Nachfragen an das Gericht, ob es jemals ein Attest für besagte Daten der plötzlichen Krankheiten des Herrn E. gegeben hatte, erhielten Corinna und ihr Anwalt trotz mehrfacher, Aufforderung nicht!

Sommer 2016! Die erlösende Nachricht, die Verhandlung sollte endlich stattfinden!

Die Zeugen wurden von beiden Seiten angehört.

Herr E. stritt die eidesstattliche Versicherung ab! Die hatte er niemals geschrieben, geschweige denn unterschrieben!

Der Anwalt von Corinna beantragte daraufhin ein graphologisches Gutachten.

Auch in vielen anderen Fragen verstrickte sich die Gegenpartei zusehends in ihren eigenen Aussagen. Widersprüche über Widersprüche!

Wie genau es zu dem Vertrag zwischen Herrn E und Frau A. letztendlich gekommen war, wusste so recht plötzlich niemand mehr.

Im angeblich geschlossenen Vertrag, der im November 2014 unterzeichnet wurde, zwischen Herrn E. und Frau A., stand übrigens nichts von einem kranken, nicht mehr reitbaren Pferd geschrieben! Bezüglich der Beschaffenheitsvereinbarung des Tieres.

Außerdem würde niemand ein Pferd mit einer derartigen Diagnose zu dem Preis kaufen, glaubte Corinna sicher.

Immerhin war ein Kaufpreis in Höhe von 2500 Euro für „Nicky" veranschlagt worden.

Näheres zu der Bedeutung, bezüglich des kranken Pferdes, später!

Nach der Verhandlung heiß es warten und Beweise nachreichen etc.

Herr E. saß zwischenzeitlich mal wieder wegen einer anderen „Sache", eines neuen Deliktes, in Haft.

Der ersehnte Termin kam!

Die Verkündung des Urteils ebenfalls!

Corinna hatte Angst!

Wie würde der Richter entscheiden? Gestand man Corinna endlich ihr Recht, ihr Eigentum ein, bzw. zu?

Durfte sie ihre „Nicky" wieder an sich nehmen?

War der Kampf zu Ende? Was würde geschehen?

Tage vorher schon, konnte Corinna weder schlafen, noch Essen oder Ruhe finden.

Das Urteil kam kurz und knapp!

Corinna hatte die Verhandlung gewonnen.

Die Freude war groß. Jedoch wurde diese gleich wieder getrübt.

Rechtskräftig vollstreckbar war das Urteil erst in vier Wochen und auch nur, wenn keine Berufung der Gegenseite eingelegt wurde.

Gegen Zahlung von 4000 Euro Sicherheitsleistung hätte das Urteil sofort vollstreckt werden können.

Woher sollte Corinna 4000 Euro nehmen?

Frau A. „rastete" nach der Urteilsverkündung direkt aus, erzählt Corinna.

Sie brüllte angeblich rum und drohte an, dass sie sofort ihren Anwalt kontaktieren und in Berufung gehen würde.

Somit vergingen wieder vier Wochen bis zur Rechtskraft des Urteils. Das Warten und Bangen, ob Berufung eingelegt wurde von Frau H. oder nicht, das ging Corinna verständlicherweise an die Nerven.

(Ein dickes „Sorry" von Corinna an die nette Dame vom Gericht, die sie fast täglich mit der Frage genervt hatte, ob Berufung eingelegt worden war oder nicht).

Endlich dann Freitag, den 14.10.2016!

Es wurde keine Berufung eingelegt!

Beim Anwalt angekommen, um das Urteil in Empfang zu nehmen, bekam Corinna das Urteil und ein Fax in die Hand gedrückt.

Das Fax war von der Gegenseite.

Von Frau A.

Frust machte sich in Corinna breit!

Was kam nun wieder?

Frau A. forderte ihrerseits seit Urteilsverkündung 10 Euro „Tagespauschale" für Futterkosten des Pferdes „Nicky" ein. Abgeholt werden durfte das Pferd nur gegen Zahlung der Futterkosten und im Beisein eines Tierarztes.

Einen Tierarzt am Wochenende spontan herbeizuholen, das konnte nur ein Witz sein, dachte Corinna bei sich.

Einen Anwalt zu befragen, ob das Schreiben in der Form gültig war, das Frau A. aufgesetzt hatte, erreichte Corinna an dem Tag nicht mehr.

Wochenende...!

Augen zu und durch, dachte Corinna und fragte ihre neue Stallbetreiberin, ob diese bereit war, mit ihr zusammen das Pferd „Nicky" abzuholen.

„Nicky", das Pferd, das in den Medien und in dem gesamten Umkreis der Reiterwelt mittlerweile bekannter war, als „Black Beauty" oder „Lassie". ☺

Drei Jahre der dauernden Beleidigungen und Beschimpfungen, haben deutliche Spuren in der Psyche von Corinna hinterlassen.

Die Angst um ihr Pferd, die Sorge, ob „Nicky" gesund war, wann genau Corinna sie zurückbekommen würde, all das zerfraß die junge Frau innerlich.

Die Stallbetreiberin versprach zu helfen und vereinbarte einen Abhol-Termin des Pferdes „Nicky" mit Frau A. Sie handelte sogar auf 150 Euro Futter- Auslöse herunter und wendete den angeordneten Tierarztzwang von Frau A. mustergültig ab.

Die Hoffnung, ihr geliebtes Pferd wiederzusehen, stieg bei Corinna.

Der Samstag, an dem es endlich so weit sein sollte, war für Corinna nervlich unerträglich.

Die Sorge, ob alles klappen würde, auch ohne einen Gerichtsvollzieher?

Würde man ihr dieses Mal wirklich das Pferd „Nicky" freiwillig herausgeben?

Falls nicht, hätte Corinna wieder eine Woche oder gar noch mehr Zeit verloren, falls ein „Durchsuchungsbeschluss" benötigt werden sollte.

In der Nacht zum Sonntag fand Corinna keinen Schlaf.

Morgens endlich der erlösende Anruf!

Termin am Sonntag, 17.00 Uhr! Frau A. schien bereit, „Nicky" herauszugeben.

Daheim wurde die Box vorbereitet für „Nickis" Rückkehr, der Hänger hergerichtet und zwei Schriftstücke aufgesetzt.

Eine Vollmacht musste Corinna ausstellen für die Person, die ihr Pferd in Empfang nahm, denn sie hatte schließlich Hofverbot.

Äpfel und Möhren hatte Corinna für ihre „Nicky" eingepackt, und los ging es.

Der Druck auf der Brust von Corinna wuchs. Die innerliche Angst, dass es wieder nicht klappen konnte, die Herausgabe ihres Pferdes, schnürten ihr den Hals zu, sagt sie.

Bei Frau A. am Hof angekommen, wurde von dieser alles unternommen, die Herausgabe des Pferdes „Nicky" tatsächlich immer noch zu verhindern und zu sabotieren!

Trotz Gerichtsurteil, bestand Frau A. darauf, dass Corinna ein Schriftstück unterzeichnen sollte, dass man sie darüber in Kenntnis gesetzt hatte, dass ihr Pferd nicht mehr reitbar war.

Das Tier litt angeblich mittlerweile an einer Zyste im Strahlbein und war somit als Reitpferd nicht mehr zu gebrauchen.

Natürlich wollte Corinna das nicht akzeptieren und so auch nicht unterschreiben.

Verständlich!

Zu dem Zeitpunkt, als Corinna ihr Pferd an Frau A. verloren hatte, vor mehr als über 3 Jahren, war „Nicky" kerngesund!

Frau A. wurde aufgrund der Verweigerung der Unterschrift durch Corinna sehr wütend und ungehalten. Sie drohte vor Zeugen mit Gewalt, anstatt sich gütig mit Corinna einigen zu wollen.

Frau A. verweigerte die Herausgabe des Zubehörs und des Equiden-Passes, der ebenfalls zum Pferd gehörte.

Das Niveau an dem Tag, an dem sich die Parteien „versuchten" zu einigen, war unterhalb der Gürtellinie, sagt Corinna traurig.

Mehrmals wurde an Corinna die Frage gestellt, was sie eigentlich mit dem Pferd noch „wollte"?

„Nicky" sei doch mittlerweile alt und krank, Corinna könnte das Pferd doch auch bei Frau A. am Stall belassen.

Als einen Witz empfindet Corinna eine derartige Aussage.

Den rechtmäßigen Eigentümer eines Pferdes zu befragen, was er gedenkt, mit seinem Eigentum tun zu wollen!?

Forderung auf „Schadensersatz", Vorbehalt einer Anzeige wegen „Rufmord" und Geltendmachung von „Nutzungsentschädigung" etc. , standen noch im Raum zwischen den Parteien, bevor „Nicky" übergeben werden sollte.

„Nicky" ist das Eigentum von Corinna.

Das ist durch ein Gerichtsurteil bewiesen.

Also obliegt es allein Corinna, wie sie mit ihrem Eigentum weiterhin verfährt.

Corinna sagt ganz deutlich, „Nicky" sei ihr „Herzenspferd", weil die Stute ihr erstes eigenes Pferd ist.

Ihr Herz hängt an der Stute, wie an keinem anderen Pferd.

Egal wie krank „Nicky" mittlerweile sein mochte, die Stute hatte es verdient, endlich nach Hause zu kommen.

Als Corinna bereits dachte, es sei wieder einmal alles verloren, man würde die Herausgabe des Pferdes erneut verweigern, lenkte Frau A. schließlich ein.

An dem Tag verlud Corinna ihr altes, krankes und mittlerweile nicht mehr reitbares Pferd auf den Pferdeanhänger.

Corinna und „Nicky" waren nach einer jahrelangen Odyssee endlich wieder vereint.

Frau A. hatte die Angelegenheit auf ihrem Hof gefilmt.

Trotz, dass man es ihr ausdrücklich „untersagt" hatte.

Eigentum am Bild und deren Rechte, sowie Gesetze generell, sind Frau A. anscheinend Fremdwörter.

Desweiteren hatte Frau A. bereits am Vortag im Internet via Facebook zur erneuten, öffentlichen Hetze aufgerufen!

„Pferd Nicky muss zurück in die Hölle".

In die Hölle ihrer Eigentümerin!

Postings zogen die Runde wie:

„Die arme „Nicky", nun muss sie wieder leiden"

„Das Glück hat ein Ende."

„Wir verstehen das Gericht und dessen Entscheidung nicht".

„Ein Tierhalteverbot muss her ".

Sogar ein Video bei YouTube gab es.

Ein herzzerreißendes.

Hetzkampagnen wurden gestartet, mit dem Aufruf, dass man Corinna fertig machen müsse und es nur eine Frage der Zeit war, bis man ihr das Pferd wieder wegnehmen würde.

Den Sachverhalt finde ich persönlich sehr traurig! (Autorenanmerkung)

Was hat Corinna getan?

Sie hat sich ihr Eigentum, ihr Seelenpferd zurückgeholt und ihr Recht durchgesetzt! Dafür hat sie gekämpft.

Das ist ihre Geschichte!

Die Angelegenheit um „Nicky" hatte ihren Preis.

Zumindest für Frau A., erzählt Corinna.

Von ca. 8.000 Euro ist die Rede! Angeblich. Viel Geld für einen Rechtsstreit.

Die Anwälte verdienen immer!

Frau A. hatte allerdings die Chance, an Corinna das Pferd gleich beim ersten Mal gleich herauszugeben, als sie dazu gerichtlich aufgefordert worden war. Laut Corinna hätte Frau A. sich das Geld sparen können.

Welch ein unsinniger Rechtsstreit, „nur" wegen eines Pferdes...

Nur...?! Naja, das kann man sehen, wie man will.

Corinna hat jedenfalls mehrfach bewiesen, dass „Nicky" ihr Eigentum ist!

Es ist eine Lüge, sagt Corinna, dass von Frau A. behauptet wurde, Corinna habe unrechtmäßig versucht, sich „Nicky" anzueignen, weil das Pferd ursprünglich ihrem Ex-Freund gehörte.

Frau A. nahm Corinna unter übelsten Bedingungen und ohne Rücksicht auf jegliche Gesetze, Recht und Unrecht, ihr Pferd weg. So sieht Corinna die Geschichte und den Lauf der Dinge.

Das Pferd, welches Corinna von „Klein" auf an in ihrem Besitz hatte, es liebte, pflegte und auch eine mehr als „innige Beziehung" zu ihm führte.

Die Beziehung zwischen Corinna und ihrem Pferd „Nicky" darf wieder aufleben.

Jedoch sollte man trotz der eindeutigen Rechtslage auch Verständnis für die Reitbeteiligung von „Nicky" aufbringen, die sich während der Zeit (in der man sich um das Eigentum am Pferd stritt), um Nicky liebevoll gekümmert hatte.

Dass ihr der Verlust des Pferdes ebenfalls schmerzhaft abging, ist verständlich. Allen Beteiligten, die mit „Nicky" in den Jahren Kontakt hatten und ein Verhältnis zu dem Tier aufbauten, sei es gestattet, sich in ihren Gefühlen einmal „Luft" zu verschaffen.

Jedoch sollte es nicht akzeptabel sein, mit unlauteren Mitteln, Lügen, Intrigen und öffentlichen Hetzkampagnen gegen Menschen vorzugehen, die „nur" um ihr Recht kämpfen.

Die Dinge im Leben sind nicht immer das, was sie scheinen und es nicht alles Gold, was glänzt.

Auch wenn sich Corinna in einigen Punkten vielleicht falsch verhalten hat, so hat sie ausschließlich um das Recht ihres Eigentums gekämpft.

Eine kuriose Geschichte eines Pferdes, um das sich die Menschen stritten und sich zwischendurch niemand mehr sicher war, wo das Tier eigentlich hingehört.

Wenn man das Pferd befragen könnte, mit welcher Lösung es einverstanden gewesen wäre, wären einige Beteiligte mit der Antwort wahrscheinlich weniger zufrieden als damit, die Entscheidung treffen zu dürfen, was mit dem Tier geschieht!

Die Tiere sind immer die Leidtragenden in solchen Geschichten!

Leider!

Corinna möchte ein herzliches „Danke" an ihren derzeitigen Freund aussprechen, der ihr in der schweren Zeit zur Seite stand.

Nicht nur mit lieben Worten, sondern sie auch finanziell großzügig unterstützt hat.

Ohne Dich, D. wäre das alles nicht möglich gewesen...
Danke!

Ein kleines Nachwort von mir persönlich.

Die Geschichte von „Nicky" ist bestimmt kein Einzelfall und sie hat mich nachdenklich gemacht. Überall in der Pferdewelt, wo der Mensch seine Hand im Spiel hat, geschehen Dinge, die nicht rechtmäßig sind und über deren Verlauf sich Menschen streiten.

Ich persönlich finde es jedoch nicht schön, wenn öffentlich zu einer Hetze aufgerufen wird und Menschen, die gar nicht wissen, worum es eigentlich geht, sich plötzlich auf eine Seite „schlagen" und Partei ergreifen.

Wir sollten nicht über Menschen urteilen, bevor wir nicht in deren Schuhen ihren Weg gelaufen sind!

„Nicky" in ihrem neuen, alten zu Hause!

Wie schön, wenn wenigstens „Nicky" über die Geschichte lachen kann...

Wo immer Menschen ihre Fußspuren hinterließen, von Barbarei und Zivilisation, die Hufabdrücke findet man neben ihnen.

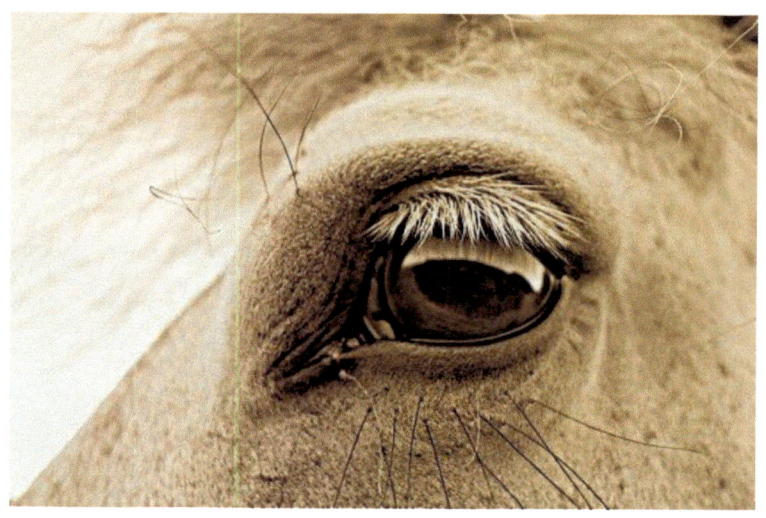

Besucht mich doch einmal auf Facebook

Unter:

-Sorgenkind

-Anais C. Miller Autorenseite

-Charisma

-Meine Pferde Warinja & Co